KB059995

청어詩人選 350

국적이 있는 시(글)에 대한 시인의 사유 형성기

무궁화 씨를 뿌립시다

제천 소나무 박광옥
제6시집

청어 도서출판

무궁화 씨를 뿌립시다

제천소나무 박광옥

제6시집

무궁화 씨를 뿌립시다

생활을 위해 달려온 인생의 행로 속에서 정신적 길잡이가 된 글쓰기가 6시집 발간 시점에 들어서며 시집 제목을 두고 무언가 아쉬움이 남았습니다.

"오솔길"

나이가 먹어 가며 더구나 코로나에 잠긴 세월에 정신 성향도 노쇠해져 가는 그 뒤를 따라가고 있는 자신을 발견하고 이대로 함몰(陷沒)되어 가는 것이 싫어 갑자기 출간 목전에 있는 6시집 제목 오솔길에 스스로 문제를 제기해 보며 30년 전쯤 못 쓰게 되었던 중풍 환자의 오른손에 펜대를 다시 끼고 글쓰기에 온 정성을 들이던 초심작 "제천 소나무" 시집을 꺼내어 다시 읽어 보기도 하였습니다. 초심으로 돌아가자 그러자면 편집이 되어가고 있는 6, 7, 8 시집 작품들을 전부 바꿀 수는 없어도 6시집 제목을 국적이 있는 시로 먼저 바꾸고 이 시간 이후에는 쓰는 시들을 더 깊이 고뇌하며 써야 하지 않겠는가라는 마음가짐을 챙겨 보게 되었습니다.

더 깊이 고뇌하여 국적이 있는 시. 사회를 변화시킬 수 있는 시. 진리, 순수, 진실을 탐구하고 고향을 국토를 사랑하는 시. 가족과 친지와 민족을 두텁게 사랑하는 시. 초심에 집착하던 서정시의 완성도에 깊이 접근하는 시.

이런 모든 것에 더 깊이 고뇌하며 써야겠다고 몇날 며칠을 다짐하며 표지 사진이 된 "오솔길"에 기왕 가는 것 민족의 꽃이 된 "무궁화 씨를 뿌립시다"로 바꾸기로 마음을 고쳐먹게 되었습니다. "오솔길"을 들어서며 내가 걷고 있는 곳곳에 새롭게 무궁화 씨라도 뿌리며 가겠다는 작가의 심정 변화는 늙어가면서 흐려져 가는 국적 있는 글쓰기의 일맥을 끝까지 이어가고 싶은 결정임을 밝혀두고 싶었습니다.

고향 산천을 사랑하는 사람들을 사랑하며 사랑의 시를 뿌려가며 젊었을 때 한때 추구하던 서정시에 대한 고뇌도 더 깊이 성찰해 보는 길을 걸어보겠다는 또 한 번의 늦은 다짐이 꺼져가는 등불의 마지막 기름이 되어주기를 바라며 저의 6시집 『무궁화 씨를 뿌립시다』를 상재해 올립니다.

2022년 9월
충북 제천시 신동 돌모루에서
제천 소나무 박광옥 삼가

차례

2부 시인의 한 수

시인의 문학 발자취

1부

시

무궁화 씨를 뿌립시다

우리 돌아서 갑시다
먼발치라도 좋습니다
봄을 구경하고 갑시다
유리창 너머로 찾아온 봄볕에 취해
고양이는 잠들었습니다
꽃피는 나무는 버려두십시오
꽃보고 대드는 벌, 나비도 버려두시오
아직 뒹구는 낙엽은
봄비에 젖어
흙 속으로 구겨져 들어갈 것입니다
이 봄은 벚꽃놀이 아니면
신나는 일이 없으니까요
우리는 벚꽃에 봄을 모두 빼앗겼습니다
그리고 더 늦기 전에
영원할 우리들의 꽃 피울
씨앗으로 골라 뿌리는 봄을 생각해 봅시다

뿌리는 씨만큼은
우리들의 몫이랍니다, 벚꽃이 지고 나면
우리 다음엔 무궁화 씨를 뿌립시다
여름부터 가을까지 꽃피는 무궁화 씨를 뿌립시다
8월에는 광복절의 달입니다, 무궁화 씨를 뿌립시다

2022. 8. 14 양지영

무궁화 꽃 피다

8월은 내가 태어난 달이다
무궁화 나무는 외친다
8월은 내가 태어난 달이다
내 생일날은 8월 12일
광복절은 8월 15일
8월은 무궁화 꽃 피다
8월은 내가 태어난 달이다
무궁화가 외친다
8월은 내 운수(運數)가 활기를 찾는
꽃피는 달 무궁화 꽃 피다

이 가을에 남기고 싶은 말

이 가을엔 감나무에
홍시 넉넉하게 까치밥으로
남겨놓고 가시라고
인적을 느낀 산까치가
작─은 소리로 울고 있다
가을이 깊어 갈수록
김장밭엔 배추며 무
된서리에 웅크리고 있다
잠시 생각에 잠겨본다
내가 지금 남기고 싶은 말,

자연히 찾는 이 가을날같이
우리 인생에 결실의
꿈을 심어 놓자!

2022. 8. 14 약산야

올 추석

뒷산 넘어 넘어
청산엔
골골마다 밤꽃이랑
도토리 산머루 익어가더니

뒤뜰 능금 밭에
바—알간 능금알 알알이 익어
올 추석
찾아오네

그 능금알로 빚어낸 술잔
먼먼 하늘 계신 아버지께
띄우니
서늘했던 내 가슴 더워지네

가뭄도 지나고
홍수도 지나고, 누런 황금 들녘
그러나 수재민은 따로
대처(對處)에 나간 아이들만 눈에 삼삼
코로나가 가둬버린 빗장 속 겨울은 더 춥겠네

겨울이면 제천에 피는 파란 꽃

봄 가고 여름 가고 가을도 가고
그 푸르던 산야 낙엽 몰고 쓰러지면
황량한 겨울의 흰 눈 쌓인 제천
그 제천에는 파란 꽃이 피어나네
눈 속에서 더 광채를 빛낸다네
겨울의 파란 꽃!
겨울바람 몰아쳐 눈보라 몰아쳐
깊어 가는 제천의 겨울 마당엔
젊음의 등에 걸고 가던 스케이트 칼날이
번득이듯 뾰족한 파란 광채의 솔잎 빛난다네

사랑하던 님들은 떠나고
겨울이면 제천에 피는 꽃
제천 소나무 홀로 남아 연초록 눈물 흘리네

겨울밤에

겨울밤에
씨불만 남더니
사위어졌다
어둠!

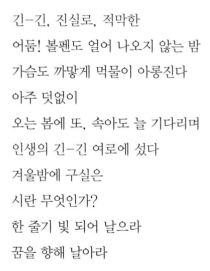

긴-긴, 진실로, 적막한
어둠! 볼펜도 얼어 나오지 않는 밤
가슴도 까맣게 먹물이 아롱진다
아주 덧없이
오는 봄에 또, 속아도 늘 기다리며
인생의 긴-긴 여로에 섰다
겨울밤에 구실은
시란 무엇인가?
한 줄기 빛 되어 날으라
꿈을 향해 날아라

이 밤의 고뇌를 뜀틀로 삼고 가거라
내 시여! 이 밤과 함께 가거라
너를 사랑하는 이를 찾아 떠나라
그를 위한 한 줄기 빛 되거라

2022. 4. 2 연지양

23

천년의 그림

맑은 호수 속엔
노송들이 빼곡히
거꾸로 박혀 있다
물오리 그 위를 휘젓고
솔방울 따라 물방아 찧는
지루하지 않은 듯 연 암!
천년의 그림을 그린다
물 위에 황혼의 물감으로
수채화가 그려지는 날들을
위하여
의림지여, 의림지여!
영원하라
고고한 시절 우륵이 말년의 그림을
그리던 의림지 그 호수여!
영원하라

'99 11 23

25

오솔길

내 인생길을 더듬어 보았네
걸어가도 걸어가도 끝이 없던 오솔길
끝없이 뻗어갈 자갈밭 신장로가 그러했고
한때는 산꼭대기 오로라가 야-호 소리 질러 보았으나
그것은 한순간의 착각, 착각들
높고 높은 산길 끝없이, 뻗어간 강변 모래밭
바닷물결 넘실대던 우리네 인생길 모두 오솔길
손에 잡히는 것도 없었던 오솔길
팔심이 넘도록 살아갈 수 있었던
내 건강의 길라잡이였었네
오솔길 그 오솔길들
내 마음속에 보람의 조약돌 몇 개는 있나?
돌아보는 길, 그 길 오솔길
나는 큰길에 나, 섰으면 벌써 죽었을거야!
남은 시간 더 조심조심 걸어야 할 길 오솔길
이제 누가 나에게 남은 희망을 묻는다면
내 후세 자손들에게 안녕과 번영의 오솔길만 열려주기를
바랄 뿐이라는 말, 말, 말 그 오솔길의 문을 열어주고 싶네

흔적과 존재의 차이

지나다니던 길가 열두 봉에 태극기 펄럭이며
서 있던 월남 참전 기념탑이 흔적도 없이 사라졌네
20여 년 그 탑을 중심으로 심어져 온 소나무 26그루가
철갑을 두른 듯 열두 봉에 태극기 휘날리던
그 탑의 흔적을 지키고 있어 지나는 이들의
마음을 붙들고 있던 그 자리에 정자라도 하나 앉히면
지나다니는 시민들 마음에 공허함을 채워줄 듯하다고
느티나무들이, 소나무들이 수군거리고 있어 못내 아쉽네
정자에 문패도 달고 제천시 하소동 211-1번지
주소도 새겨 놓으면 소나무 26그루 느티나무 10그루
대가족을 거느린 공원에 흔적의 공허에 짐은 시민들 가
슴에서
치워질 것 같은데
빈 공간엔 여전히 기념탑이 간데없는 빈터의 흔적만
남아 있어 공원은 봄, 여름, 가을, 겨울 쓸쓸할 뿐이네

이별의 씨앗

아프리카 흑인의 하ー얀 이빨 같은
화장장 주차장이 자동차를 먹었다
대형 태극기로 싼 관을 뱉어낸다
애국자!

수많은 인연이 어깨를 스치며
향내음에 취해 아들딸의 곡소리에
저승의 문턱에서 인사를 나누다
애국자!

중사의 죽음 앞에 열두 개의 별들이
떨칠 수 없는 인연을 곡 하기에
저승의 문턱에서 악수를 한다
애국자!

본토의 전방 고지에서 월남전의 정글에서
젊음을 나누던 인연들 중사는 경례를 하고 간다
어깨에서 떨어진 별들을 주워 모아
하나씩 어루만져 달아 주며 중사는 간다
애국자!

하얀 뼛가루 이별의 씨앗!
상자에 담겨 아들의 품에 안겨 간다
애국자!

겨울바람 때문에

봄은 먼데
쌓인 눈 흩날리며
창문을 두드리고 가는
겨울바람 때문에
비로소
지난날을 보내
너, 나 그리고 만남의 세월들
창밖으론
눈 덮인 거리들
모두를 덮어버리네
쌓인 눈
너, 나 그리고 수많았던
만남의 세월들
나는 지금 눈 속에
묻히고 있는
지난 세월을 만나고 있다네
창문을 두드리며 눈보라 몰고 가는
겨울바람 때문에…

낙엽 한 잎

이별의 미로에 빠져 하염없이
낙엽이 쫓기네
차가운 저녁, 멧새 한 마리
내 안을 엿보느니 떨어지는 낙엽의 유-랑
초겨울의 스산한 뜨락의 방랑자
낙엽이 쫓기네
내 창문을 열어 내 예비한 사랑으로
쫓기는 낙엽 슬픈 미소로 어루만져 보리네!
낙엽 한 잎 슬픈 미소로 어루만져 보리네!

침샘

산속의 옹달샘은 생명수이다
들판의 우물은 마을을 이루고 삶을 일구어 낸다
그러나 우물은 샘물만은 못하다
칠흑 같은 어둠에 덮인 밤
잠에서 깨어 암흑에 덮인 방 안 공기에
뻑뻑한 눈을 껌벅거려 보아도 갈증만 더해가는
기나긴 밤, 상념을 접고 입을 크게 벌리고
혀를 휘둘러 침샘에서 흘러나오는
샘물을 한 방울씩 마셔보자
침샘에서 흘러나오는 달달한
입안에 고인 물맛!
음미해 보지 않은 사람은 느껴보지 못할 것이다
편안함이 이루어지는 내공의 포만이 적당히
쌓여 가는 축복받은 밤의 여행이 깊어 가네
우리에게는 옹달샘 같은 우물보다도 더 상큼한
침샘이 있다는 것을 당신은 지금껏
감사하는 마음을 가져본 일이 단 한 번이라도 있었는가?

물안개

청풍 호수로부터 피어오르더니
도도히 퍼져 50리 굽이도는
물안개
성문산* 돌담장 끼고 돌아
유람하듯 흘러
흘러내리는 물길도 따라 오르고
뒷동산
중앙공원 참나무 밑에, 그 니가
님 찾아 홀로 앉았던 자리
가로등도 졸고 앉은
중앙공원 팔각정에도
물안개 도도히
풀피리 되어 흐르는데
세월 저편으로
안개꽃만 피어
제천의 정서도 바뀌었음을 노래하듯
안개꽃만 꽃으로 살아나네

신나는 일, 다시 건설의 함마 소리

저 물안개 울 너머로

일어났으면 좋으련만

*성문산: 충북 제천시 신동 로터리에서 봉양-마곡 가는 쪽의 산 이름으로 제비랑산성이 있는 산으로 옛날 그 산 사이 협곡을 뚫고 들어와야 제천 땅으로, 몽고군에 큰 피해를 주는데 한몫한 봉화대가 있던 산의 이름임.

물이 지나간 자리

빨간 천도복숭아 꽃잎 하나
물 위에 떨어져 떠 흘러간다

투명한 물 속의 파란 물이끼가
나풀나풀 춤추는 맑은 물 위로
빨간 천도복숭아 꽃잎 하나
동동 떠내려 끝없이 흘러간다
봇도랑 지나, 개울 지나, 강지나 바다를 향해
빨간 천도복숭아 꽃잎 하나는
부초 되어
물의 나라를 찾아 떠나간 것이다
양지쪽
파란 물이끼 나풀나풀 춤추는 맑은 물 흐르는 봇도랑 위
언덕
나무 위에는 천도복숭아가 탐스럽게 익어가고 있었다

물, 물, 물

졸졸졸 졸-졸 흐르는 시냇물은
물의 나라에서는 새싹!
오월의 해맑은 태양 빛에
반작이며 넘치는 물은 아름답다
도시의 공간에 만들어진 인공
폭포에서 쏟아지는 넘치는 물도 아름답다
조잘 조잘 흐르는 시냇물
물의 나라에서는 그것은 희망!
지독한 가뭄에 급수차에서 물을 받아
양동이에 이고 가는 어머니 머리 위에
찰랑이는 물은 그것은 생명수!
물, 물, 물-
어려운 시절이 다가오리라
축복의 땅, 축복의 땅을 적실
뻗어가는 농수로를 흐르는 물줄기 그것도 생명수!
물, 물, 물- 물, 물, 물-
물을 가두어라!
그것이
부자나라의 증표이니라

우물

한 우물을 파는 것이 어리석으냐?
지하수마저 메말라
파도, 파도 나오지 않는 샘물
말라버린 인정, 인정
우물이 되는 시간
그러나 오랜 세월 잊어
썩은 우물보다 희망이 있어 좋네
파도, 파도 나오지 않는 우물
때로는
썩은 묵은 우물
재정비하면 새 우물 될 수도 있지

물-곬

물이 빠져나가는 물-곬에서
봄의 소리가 들린다
졸 졸, 줄 줄, 괄 괄
봄의 소리가 들린다
쿠루룩 괄괄 쿠루룩 괄괄
논배미에 물 대는 소리
주루룩 줄줄 주루룩 줄줄
밭둑이 젖어 들어
자운영, 해아리벳지
연초록 융단 위로
망아지 뛰는 들녘에서
봄이 부른다
졸졸, 줄-줄, 괄괄
봄의 소리가 들린다

돌모루의 밤

다리 건너 가로등
안개가 낮게 가라앉은
물 위를 거닐고
떠다니는 찌의 발광
긴 모가지를 갸우뚱거리는
황새를 따라갈
밤낚시꾼은
거기 앉아있는가?

보 위로 넘실거리는
물잔등 타고 앉아
밤낚시를 즐기는 황새는
낚시꾼이 앉아 있는 자리가
못내 아쉬워
곁눈질하지만
그 모가지가 길어서 더
가엾어 보여라

야생의 표류인 양
밤에 나온 황새는
너희들 족속 중에도
밤에 잡은 고기를 즐기는 자?
오호라! 새끼가 많이 딸린 어미였구나

물안개가 도도히 퍼져가는
돌모루의 밤은 깊어
이제 가로등도 잠들고
탐방이던 물소리
장평천 둑방 따라 조잘조잘 흘러만 간다
조잘조잘
조잘조잘 흘러만 간다

겨울의 문 앞에 서서

조금 있으면 겨울입니다
된서리 내린 언덕에서
모진 비바람에 몸부림치는
피다 만 꽃
한스러운 모습으로
당신의 가슴에 멍울을 남기게 하고 싶지는 않습니다
하얀 달빛으로 그 향기 날개 달고
마지막 꽃잎을 날리는
국화 꽃잎처럼
하얀 꽃술이 바람에 떨다
갈가리 찢겨 날리는
갈대꽃이라도 좋습니다
가을에도 꽃이 피게 하소서
피다 만 몽우리로 남은
한스러운– 자유의 꽃은 싫습니다
마지막 꽃잎까지
훨훨 자유롭게 띄우고
가슴 문 열고 바라볼 수 있도록
가을에도 꽃이 피게 하소서
흐른 땀 흘린 피로 모두 이루어 낸 꽃

그런 꽃으로
가을에도 꽃이 피어
흔적 없이 날게 하소서
그리하여
5000년 전의 거룩한 땅으로
다시 서게 하소서

땀, 땀

다시 찾은 생명수 같다
병동을 전전하면서
에어컨 바람 앞에 앉아
의자에 등을 대고 잠시
허리를 펴던 사무실 속의 일상을 던졌다
한낮을 피한 빗장 건 태양 아래서도
밭일을 구상하는 땀, 땀, 땀
쉼 없이 흐르는 땀, 땀
어디서 놀다가 쫓겨가는 바람인지 알 수 없어도
지나갈 때면 살맛 나는 이 대지 위
밭 위에서 코로 눈으로 입으로 들어가는
땀을 훔친다
해 저문 샤워장 물줄기가 씻어갈 때
흔적 없이 사라지는 쾌감은 땀과의
오해를 말끔히 벗겨가는구나
오! 수정 같던 한낮의 땀! 땀!

백자와 청자

나는 청잣빛 민족이라는 말이 더 좋은데
누가 백의민족이라는 말을 만들어 노았누
순종 잘하고 한이 쌓인 민족
엽전 몇 냥에 소금에 하얗게 찌든
서생원 중국 글 배우다 마누라마저
지가 다비에 빼앗기고 시체마저
하얀 서리에 덮여 버린
백의민족
듣기만 하여도 보기만 하여도
눈물 울먹이는 심장이 있어 싫다
깊은 하늘 푸른 빛 같은
북벌이라는 청운의 꿈 지녔던
청잣빛 민족이라는 말이 더 좋은걸

우리 잠시
저 높은 하늘을 보자
아! 고려, 코리아

역마차

님이라고
불러보면 그리움이
샘솟는
그대
사랑한다는 말
가슴에 접어
고이 간직한 채 아직도 펴보지 못하였네
세월이 흐른 지금도
조용히 그대 생각에
더러는 그리움이
샘솟는
일 있어
창문을 여니
망각의 세월에서도
자란 그리움이
바람 따라 피어오르네
펴보지 못한 편지
그리움이라는 그 꽃향기
그것은 희망 안고 달리는
내 인생의 역마차였네

눈길

어린 시절 흐르지 않던 눈물
어머니 눈에 촉촉이 번지는
눈시울 붉게 번져 촉촉이 젖어 든
어머니 눈을 훔쳐볼 때는
내 어린 눈물은 흔하디흔해 눈물이 아니었던,
나이가 들수록 깊어 가는
가슴속 깊은 곳에서부터
눈시울 젖어 드는 눈물이 마르지 않고 있음은
내 피가 따스해진 탓일까?
사랑이 깊어가서일까?
말없이 흐르는 눈물
내 눈물은 흐르는 세월 따라
마르지 않고 더 깊은 샘물 되어
넘쳐
가슴엔 눈물 꽃으로 번져난다
아! 늙음이여 이 눈물이 모두
사랑 꽃밭은 촉촉이 적셔 살아나기를 바랄 뿐이다

배낭여행

투명한 물속에
그림자같이 노니는
비단잉어의 등 위에 배낭이 짊어져 있다
비단잉어가 환히 비추이는
투명한 배낭을 메고
고기는 헤엄을 친다
물 만난 고기는 매끄럽게
그림자처럼 그렇게
헤엄을 친다
긴긴 여행이 끝날 때면
고기는 우주 안에 갇혀 있음을
알고 있는지 아주 여유롭게
여행을 즐긴다
먹이 사냥까지 즐겨가면서

비 오는 날의 소곡

님이 왔다가 돌아갔는가
창가에서 님을 그리는 물안개 저편,
비는 비는 내리네
님은 보이지 않고 낙숫물만 떨어지는데
님이 왔다가 돌아갔는데
흐느끼며 뒷동산에서 우산도 없이
거기 기다린다는데
비는 내리고 비는 내리고
속삭이듯 나를 부르다 지쳐
두런두런 원망에 소리,
슬퍼져 흐느끼는 소리
님이 왔다가 돌아갔는데
기타를 뜯듯 가야금을 흝듯
비는 내리네
비는 내리네…

청령포에서 천렵을

내가 10세쯤 되었을 때 아버지가 말씀하셨다.

영월 청령포로 내일 천렵 간다고…

놀러간다는 말씀에 신이 나서 초고추장 주전자를 들고 따라나섰다.

아버지와 함께 예닐곱 되는 인원이 일행이 되어 제천역에서 기차를 탔다. 얼마 후 기차는 높은 산 능선 굴 앞에다가 우리를 내려놓았다.

철로 밑으로 난 오솔길을 따라 얼마를 내려가니 출렁이는 물줄기가 굽어 도는 전망이 좋은 자리에 일행들이 자리를 잡고 놀이마당을 펴고 있었다. 아버지는 계속 따라오라 하신다. 나는 초고추장 주전자를 아버지가 가르치는 어느 아저씨에게 인계하고 기다리고 있던 나룻배를 타고 물 건너로 건너갔다. 소나무가 빼곡한 솔숲 깊숙이 한 평이 될까 싶은 초라한 초가집 문지방 밑으로 여인의 허리띠 같은 줄이 나와 있는 앞에서 "단종" 임금님께 절을 하자고 하신다. 16대 할아버지가 모시던 임금님이시라며…

그 뒤 박, 응 자, 석 자 아버지는 7년 후 돌아가셨다.

60년 후 2013년 제천문학회 문학기행을 청령포로 왔다.

선착장에서 보니, 기찻길은 산 넘어 있어 안 보인다. 일
행과 함께 소나무 숲을 따라 돌아서 엔진이 꺼져있는 배
위에 혼자 와 앉아본다. 물길은 예나 다름없이 뱃전을
조용히 돌아가는데 흘러가는 강물은 유속을 잊은 채 유
유하다. 한 생을 달려온 나의 애환은 무관심인가?
아! 그리운 아버지! 나의 깊은 가슴속에서 나오는 떨리
는 소리를 느껴본다.

강변바람

보이지 않는 바람이지만 강변에 서면
여울처럼 밀려가는 물결보다 먼저
비릿한 내음을 코끝에 스치고 지나가는
바-람, 바람, 강변바람
스카프를 날리며 가는 바-람
강-변 바-람, 청풍에 부는 바람
보이지 않는 바람이지만 강변에 서면
여울처럼 밀려가는 물결보다 먼저
비릿한 내음을 코끝에 스치고 지나가는
바람, 바람, 강변바람
스카프를 날리며 가는 바-람
강-변 바-람, 청풍에 부는 바람

해변의 연가

까만 머리 너울너울
다가오는가 했더니
흰 머리 풀어 헤치고
엎어졌구나 철-썩

밝은 달 모래사장으로
숨 가쁘게 달려오던 너의 젊음은
흰 머리 풀어 헤치며
철-썩 쏴-

까만 머리 너울너울
젊었을 때는 까만 밤
흰 머리 풀어 헤치고
내 앞에 엎어져 철-썩

우는구나 흰 머리 풀어 헤치고
내 앞에 엎어져 우는구나
바다여 해변이여,
내 젊었던 날들이여

청풍강

청풍강 깊이보다
더 깊게
월악산 계곡보다
더 맑게
말문 열어보지 못한
사랑이, 내열로 승화된 그 가슴마디에서
백합꽃 향기를 피워대던
그렇게 정든 너의 품
내 눈물 떨구어
피어난 듯 네 눈물 그리워
오월에는 라일락 향기로 살다간
그리운 너의 냄새
그 세월이 오붓이 살아 숨 쉬는
그 품에 안겨 있어도 그리운 너
고향 강 언덕에
열매 없이 피고 지기만 하던 사랑 꽃을
오늘도 품에 안고
청풍강은,
호수가 되어 비 오는 날을 울고 있구나

울릉도 지팡이나물

나물 맛이 취나물보다 맛이 있다
나물 맛이 시래기보다 부드럽다
나물 맛이 냉이보다 고급스럽다
산삼이나 표고버섯이나 더덕이나 같이
나무가 우거진 그늘에서 서식한다고 한다
심어 놓고 해마다 한두 번씩
뜯어다 양념에 무쳐 울릉도
추억 나물로 맛을 본다
울릉도 지팡이나물!
바닷바람에 손 흔들며 서러워 고개 숙이는
독도를 향해 몸부림도 쳐보는
울릉도 지팡이나물!
돌 틈 그늘에서도 자란다고 한다
험한 산 지팡이를 짚고 다니며 채취하여 묵나물
반찬에 사용했다 한다
정원석 돌 틈에서 자라는 지팡이나물 잎을 뜯어 잎에 문다
멀리 울릉도 바다 저편 독도가 아스라이 떠돈다

그 호숫가에

늙은 수양버들
물속에 발을 담그고
놀부 심사 물장구 치고 있다

거울 같은 물 위에
뭉게구름 피어 흐르는
그 호숫가에
소나무는 승천을 꿈꾸며
내 백발을 비웃는 듯

물오리 자맥질은
깊어 가는 가을날의 이별의 손짓이런가
젊은 날의 청운의 꿈에서 그렸듯
내 노년의 밝은 미소 한 점 구하고자
낚시질을 하고 있네

물속에 비추이는 깊어 가는 가을 하늘
서산 노을 따라
청둥오리 줄 서거니
내 노년에 저리도 평화로운 미소 한 점
구하고자 낚시질을 하고 있네

청풍에 유람선 떴다

어디선가 제천 사투리로
뻐ー꾸기 혼절한다
청풍에 유람선 떴다

물잠자리 물 동그라미 그리던
연못가에
너의 그림자는 간데없고

소프라노, 테너, 알레그로, 안단테
샹송, 신이 나면 트로트
밤하늘에 수를 놓고 저기
청풍에 유람선 떴다

해가 뜨면 제천 사투리로
뻐ー꾸기 혼절한다

청풍은 항구다

떠나간 이를 만날 수 있을 것 같은 날에
희망의 나래가 펼쳐지는 곳
온갖 절제와 인내를 앉은 자리에 벗고
후회를 가르쳐주고 멀리 간 이가
돌아와 있을 것 같은
청풍은 항구다
청풍에 가자

넘실대는 물길은 세월을 이야기하고
찾아온 듯 세월과 함께 하라는 곳
지치지도 않고 기다리며 살아온 우리
불현듯 스치고 지나가는 이 있어
그를 찾아 다시 와 앉은
청풍은 항구다
청풍에 살자

의림지 여름 노송

잘 그려진
어느 동양화 속에서나
있음 직한
무게 있고
잘생긴 놈들

쓸모를 따져보니
이제는 사람들 마음이나 편히 쉬게
유원지 둘레에서
밤낚시 즐기며 세월이나 더 낚으시게

바람맞아 쉬쉬하며
내 친구 안사람
불러내 일 저지르지 말고
밤낚시 즐기며
세월이나 더 낚으시게
그러다 보면 좋은 일도 생기겠지
대를 잇는 것보다 더 좋은 일 어딨겠나
허! 허! 허! 잘생긴 놈들
의림지 여름 노송

벌초 예고(豫告)

목욕탕 안 뿌–연 안갯속 낯익은 주지스님 한 분이 머리를 거울에 대고 면도날로 싹싹 밀고 있네. 옛날 같으면 기도에 들기 전 어스름 밝은 달 밑에서 숫돌을 내놓고 칼을 번쩍번쩍하게 갈고 있었을 텐데…

다음날 애련리 원서 문학관의 시의 축제에 실로 몇 년만에 참석했네. 11년 전 우리가 파준 샘물에선 육각수가 아직도 쏟아지고 있는지 작은 둔벙에 물이 반짝이고 그 둔벙가에는 제천 소나무 한 그루 받쳐주고 싶도록 쎅–시한 자세로 서 있네. 저 어린 것이…

내가 오랜만에 원서 문학관에 온다고 영국제 새 구두를 신고 들어오니까 회원인 것 같은데 나를 못 알아보고 어디서 왔느냐고 묻더라고 덕담을 했더니 쓰레빠 내던지고 단상에 올라가 코가 빨간 구두를 자랑하는 탁번, 탁하고 모자를 벗으니까 번들번들 반짝반짝하게 면도날로 밀었네 탁번이가 머리를!

다음날 식구만 대동하고 산으로 갔네. 오랜 병상생활에 근력이 떨어져 근력을 키우겠다고 땀 흘리는 방법으로 일을 택했었네.

제초기를 들고 할머니, 아버지, 어머니, 둘째 동생 돌아가며 삭발을 시작했네. 지난해에는 떨어진 근력에 실수로 내 우측 제2수지 첫마디를 제초기에 날리고 그것을 주워 안고 병원으로 달려가 붙여 일 년을 고생 중이네.

그러나 여기서 주저앉을 수는 없네 80대 그 너머 90대 건강을 꿈꾸기에 벌초를 하네. 아버지 산소를 스님의 머리같이 탁번의 머리같이 번질반질하게 밀어냈네. 땀을 비 오듯 흘리며 거울 속에서 내 머리털을 깎아 내는 깊은 환상에 빠져 어머니 산소를 스님의 머리 같이 오 고수의 머리 같이 번질, 반질하게 밀고 또 미─네. 머리털을 버리고 나면 머리통도 홀가분 가벼워질까? 스님의 머리 같은 고수의 머리 같이 밀고 또 밀고 있었네.

기다림

안개꽃 피어 있는 앞산
부르는 소리가 있습니다
어느새 물먹은 봄은
자꾸만 기어 나올 듯
흙은 흐느적거리며
낙엽은 날개를 잃고
땅속으로 기어듭니다

동네 아이들 합창 소리가
계곡을 따라 들려 오며
따스한 오후의 햇살이
창문을 열게 하는
그래서 앞깃을 헤집고 들어오는
바람도 상쾌하다

냉잇국, 달래무침
밥상머리에 세 아이들
달려가고 싶은 마음 있지만
생동하기 위한 기다림이라
미래를 향한 기다림이라
오는 봄을 어서 가라
창문을 닫습니다

시인의 사랑

그대의 가슴-속에 피어 오르-던 진실이라는 꽃에 대하
여 시인은 그-아름다운 자태를 맞이하고자 창문을 열-
고 있었네 이토록 긴-긴 기다림이 될 줄 모르고 기다림
의 창문을 열었다네 기다리다 못해 그리움의 창문도 열
었네 진실이라는 꽃 한 송이 그대 가슴에서 요동치고 있
음- 알고 시인은 사랑의 창문도 열-었네 진실이라는
꽃 한 송이를 피워 맞이함이 운명적이 된 이유는 승화된
진실의 만개된 꽃의 절정을- 따라왔기 때문이 아니었을
까 아! 진정 시인이 맞이하고 싶었던 꽃- 진실이라는 꽃
진실이라는 꽃- 시인은 드디어 노래하고 있네 시인의
추상 속에 있었다는 그 진실이라는 꽃 두-손 벌-려 안
아보고 싶었-네 안아 보-고 싶었다-네

가셨나이까
−이종훈 시조 시인님을 추모하며

선비 정신

목소리 큰 놈만 남아 있는 정신

선비 정신

죽어도 보수는 못되고

뒷구멍에서 왔다 갔다

역사를 왜곡하여 만드는 정신

선비 정신

그것을 시라고 써놓고

높은 이에겐 아첨하고

낮은 이에겐 횡포가 심한 못된

선비 정신

봉사 정신은 아예 없이 패거리 작당에 합세하는

선비 정신

그런 못된 정신 다 빼내고

풍류와 서정과

두루마기 옷고름 흩날리는 멋을 뿌리며

학 같이 세상을 유람한 형이시여

님이시여

가셨나이까

영영 가셨나이까?

왕박산 산신령

내가 왕박산
산신령이니라

허허 고얀 지고
내가 산을 비운 사이
산이 모두 타버리다니

허허 타버린 나무가
흉하다고
모두 베어 계곡을 메우다니

때도 없이 어쩌자고 아직 이럴 시기가 아닌데
억수 같은 빗줄기가
멈추지 않는 것이냐

야속한지고

어서 돌아가자, 어서 돌아가자
왕박산 내 산에 남은
통불사 너마저 흔적 없이 사라지기 전에

도시의 거리

나는 나무가꾸기의 포부를 안고
도시를 가꾼다
나무 한 포기에
그리움을 심고
나무 한 포기로
먼 후일의 사랑을 결실할
꿈을 심는다
먼 후일의 사랑의 결실을 바라는
도시를 가꾼다
소나무 가로수!
거리는 산속의 오솔길
그 길로 민족혼은 달린다

외롭다는 꽃에게

그대는 늘 외롭다 말하지만
그대가 혼자 있어서 외롭다 할 때
그때가 그대를 가장 아름답게 하네
진리라는 것을
행동하고 있을 때 보이지 않는 힘으로 하여
그 무게를 견딜 수 없다고 그대는 말하지만
이미 그대의 주위는 아름다운 빛으로 감싸여
외롭다는 그대의 그늘을 비추이고 있네
그대가 그대의 신념과 함께 할 때
그대가 혼자 있어 외롭다는 말
그때가 그대를 가장 아름답게 하네
그대의 주위는 이미 아름다운 빛으로 감싸여
외롭다는 그대의 그늘을 비추이고 있네

그대여
아! 신념을 부둥켜안은 그 외로움
사랑하고 싶은 꽃 되리니

외롭다는 사람아

외롭다는 사람아
당신은 살아오면서 그리운 사람 하나 없습니까?
외롭다는 사람아
당신은 마음의 고향에 대하여 생각해 본 일이 있습니까?
외롭다는 사람아
돌이켜보면 아름답다고 생각나는 추억도 하나 없습니까?
없다면 지금이라도 늦었다 생각 말고
추억 만들기에 나서 보면 어떠실까요?
너무 늦었다고요?
그것이 외롭다는 또 다른 이를 스스로 찾아가고 있다는 말
목표를 세우세요
목표를 향해 정진하는 인생에는
불굴의 의지라는 자기방어의 날카로운 창끝이
외로움이라는 괴물을 찌를 것입니다

난

대원군의 손끝에서
놀아나다
쇄국정책으로 꽃피던 너
작은 방구석에서
향기를 풍겨
나를 어쩌란 말이냐
이 작은 방에서
단둘이 너와 함께
세상에 태어났음을 노래하다
저
붓끝을 치고 뻗어 살아났음이
방 안 가득함이여
무슨 일을 저지르고자 함이면
안 되느니
난은 난으로써
그냥 그 자리에
있어만 주라 하였는데
허, 저—
붓이 스치고 간 난 꼬리가
심상치가 않으니라

서풍이 불면

석양이 산 너머로 깊이 빠진 서쪽 하늘 아래
가로등 가물거리는 서제천에서
장평천 골을 타고 서풍이 몰아쳐 오면
노란 산수유꽃 앞세워 봄이 오는데
이웃하고 있는 강원도에서는 도깨비 불꽃이
밤하늘에 날아다닌다고 민심이 뒤숭숭합니다
모진 눈보라와 거센 비바람, 타버린 앙상했던
나뭇가지에 춘설에 하얀 눈꽃이 밤새 피었답니다
서풍은 붑니다 서풍이 밤새워 붑니다
꽃눈은 몸살을 앓고 밤은 뜬눈으로 지새웁니다
거센 바람에 입술 터지듯
꽃순은 피고 잎순도 트고 며칠 새
봄은 오고야 말았습니다
제천에는 서제천역이 생긴답니다
서제천역이 생기며 인구 이만의 봉양읍의 인구가
한 사오만 명으로 늘어났으면 좋겠습니다
그때는 서풍이 불면 아름다운 꽃
인파도 따라왔으면 좋겠습니다
서풍이 불면 봄이 오듯!

피·아·골의 향불

신이시여! 오늘 이 향불은 지리산 깊고 깊은 산골에서
천 년을 묶어 다람쥐, 토끼, 사슴, 멧돼지, 반달곰
6·25 아! 6·25 저 6·25 아! 저 6·25
숨어들은 인육과 피까지 간식으로 삼고
창자가 뒤틀릴 대로 뒤틀려
꿰어버린 향나무, 그것도
땅속 깊은 곳에 숨어 그 작업을 도맡아 한
뿌리 밑동까지 송두리째 뽑아다
신이시여! 당신의 재단에 피웁니다
향내음 타고 오실 당신의 모습 보이지 않으나
이 민족의 슬픔, 이 원한에 비추어
우주를 향해 피어오름은 비록 보잘것없는
이 향불이지만 님들의 가슴에 매듭 가지고 떠나신 세상사
훨훨 띄워 보내 주오소서 아! 아! 우리 어찌 잊으리오
눈 녹아 흐르는 깊은 산골엔 동족상잔의 이 치욕의 피
안타까워 이제도 누가 차린 제단인가 향불은 구름 되어
하늘 높이 떠 흐르고 있습니다
이 치욕, 이 원한, 이 저주, 이 증오
모두모두 두둥실 훨―훨 띄워 보내주오소서
아! 아! 어찌 우리 잊으리오 비온 뒤 땅이 굳는다 하듯

산야에 푸른 숲 너울대듯 동족간 사랑 넘치는 조국 되게
하오소서
통일되게 하오소서! 그렇게 그렇게 통일되게 하오소서!!
그리하여 영원토록 생태계가 번성하는 국립공원으로 거
듭나게 하옵소서

월악산 탐방

진평왕 문무왕
마의태자 덕주공주
원효대사 사명대사
민비
전목 금란이
국사봉 문수봉 하설산 매두막
대미산 황장산
벌재— 마패봉
미륵사 덕주사 신록사
대원사 보덕암 미륵사지
세계사 월광사지 자광사 천진사
선암계곡 용하계곡
송계계곡 제천 땅
햐—
신갈나무 서어나무 소나무 굴참나무 졸참나무 모감주
백리향
나무숲 따라 산양이 뛴다 바위틈으로

새벽, 산 품

산에 사는 산바람은
신선한 소리가 있다
심술이 나면 소나무도 울리고
참나무도 울리고 박달나무도 다친다
산에서
뛰는 토끼, 다람쥐의 털빛이
유난히 고은 뜻은
솟아오르는 샘물마다 모두
육각수!
나무 밑에 잠시 쉬노라니
내 주위가 모두 다 육묘장
발 디딜 틈도 없어라
운해에 몸 두르고 서 있는 나
내 생명까지도 아련히
신비에 젖어본다
먼동이 떠오른다
산과 저 멀리 들
그리고 내 머리 위로
해는 솟구친다

새벽을 열던 힘

나는 지금 새벽을 여는 힘에 대해서
생각해 보고 있노라
삶이 벅차게 피어오르는
새벽을 여는 힘
그것은, 젊음이었다
싱싱한 건강이기도 했었다
희망과 꿈과 실천의 나래가 펄럭이는
나비의 춤사위에 떠는 꽃망울들이 있었노라
그것들이 귀중한지는 미처 몰랐었지만
나는 그런 모든 것을 사랑하며 함께 살아왔노라
삶이 끓어오르는 청순했던 초록빛들과
불꽃 같은 정열로 터져버리던 새벽을 열던 힘
새벽을 열던 힘, 새벽일을 안 하면 죽일 수 없는 농사일
이제는 그 귀중함을 더 알 것 같구나
생명력의 사랑의 시구(始球)
상기하고 간직함이다
새벽을 열던 힘! 새벽을 열던 힘!

할아버지

말끔히 정리된 잔디밭 위로
한 마리의 뱀이 나타났다
뛰어놀던 손자, 손녀들 풍비박산되었다
할아버지의 눈이 상기되었다
저것을 그냥 버려둘 수는 없을 것이다
나비– 나비 하며 큰 소리로
고양이들을 부른다, 주르르 몰려드는
고양이 세 마리가 움직이는 뱀을 발견하였다
다음 날 아침 할아버지가 다니는
문 앞에 그 뱀은 시체가 되어 길게
드러누워 있다
망할 눔덜… 덜–덜–덜–

섬에게서

그리움은 방황입니다
당신을 힘들게 한 죄로
먼먼 낙도
울 없는 감옥에서
끝없는 외로움을 실어다 던지고 가는
바닷속의 흑점
쉬지 않고
두드리는 파도의 채찍에도 쓰러지지 않는
그리움은 고독입니다
멍들지 않는 상처로
삭혀지지 않는 응어리
산으로 우뚝 선 고독은
드디어 바다의 통곡을 기르고 있었습니다
섬에게서 우리가 배우는 것은
마냥 사무치는 그리움이 있을 것 같다는 것이었지만
내가 찾은 그리움의 실체는
밤이 깊어질수록
바다의 통곡만을 기르고 있을 뿐이었습니다

이제 남아 있는 외로움 모두 털고
홀연히 돌아가렵니다
내 남은 삶의 길로 돌아가렵니다
아주 작은 오솔길을 찾아 걸어가렵니다

70의 젊음

내 어금니는
다 빠져 달아났다
소리를 지르고 싶어도
참고
몸부림치고 싶어도 참고
울고 싶어도
참고 또, 참고

도리깨질을
손바닥이 부풀도록
콩 타작을
해도 해도 다 못하고
꿈을 씹고 다닌 내 어금니
이 가는 소리와 함께 다 빠져 사라졌다
틀니마저 뭉그러들었다

이 가는 소리가
섬짓했겠지? 70의 젊음!
이제는 머리도 하얗게 쉰다
꿈을 씹고 다닌 어금니는
모두 사라져 없어졌어도
내 심장은 맑고 빨간 불꽃으로
아직은 초심의 정열로 뛰어야 한다
참자 너도 참고 나도 참고 참자 참자

위안

밤하늘의 별들은 구름 속으로 깊이깊이 숨고
흐르던 달도 사라졌다
마당에 개 짖는 소리
하늘에서 내리는 봄비는
황사를 뿌리기 시작한다

이 밤으로
그대 생애 가장 침울한 봄은
어서 지나가 주었으면…
옛날에 있었던 아름다운 동심의 마음을
위안으로 삼는 가련한 눈물 꽃 한섬
밤은 깊어 가는데

이 밤이 지나면 희뿌연 새벽안개 가르며
비둘기가 둥지에서 새끼를 데리고 내려와
그대의 뜨락에서 노닐겠지
나는
그 비둘기에 모이를 줄 준비를 해야겠네

팔순 잔치

가을비 나리던 날
장평천 신동대교 난간에 섰다
여름날 준용하천을 메우던 백로 떼가
벌써 자리를 비운 사이 성미 급한
물오리 떼를 이루고
저 아래 덕포마을
팔순 잔치가 있을 석훈이
형님댁 용마루로 빗물 방울이 튀어
수은등을 켜는 듯 광채가 이른 것은
팔순이 굽이굽이
돌아 돌아오신 형님의 인생과
나의 축복의 갈채와 만남으로
전기가 일어나는 현상 같은 것은
추수 감사 절기 가을에 태어나신
형님을 위한 축복일 것 같다
이 좋은 대지의 품
이 좋은 가을날에
더 오래오래 건강하세요
팔순 잔치, 팔순 잔치에

어머니의 연등

아흔의 어머니!
꺼질 듯 꺼질 듯 바람 앞에 촛불 같은
허리를 추스르며 연등을 만드셨네
온누리 세상을 밝힐
작은 마음들은 연잎마다 저미시고
어머니 마음에 아로새긴
꿈같은 인생의 길잡이로
누구의 손에 쥐어 줄 연등인가
저 등은 누구의 발밑을
비춰 줄 연등이었을까?
우리 작은 가슴에 촛불 하나 되라는 연등이었을까?
연등은 자비의 빛 되어
어머니 꿈같은 생의 꽃으로
밤이 밝게 연꽃 되어 피어오르네
연등은 아흔의 어머니 마음 되어
깊어가는 밤을 횃불 되어 피고 있네
가시고 아니 계신 어머니 얼굴
나무아미타불관세음보살!
아! 저 연등 어머니의 연-등
그리운 내 어머니의 빛으로 살아나네

참깨 수확

멍석을 깐다
잘 말려 세워둔 참깨를 세워 들고
멍석 위로 뛴다
참깨를 거꾸로 들으니 좌르―르
자르를 숨어있던 참깨가 노래를 부르며
쏟아져 내린다
자르르, 자르르, 자르르
참새도 이리 날고 저리 날고
자르르, 자르르
산비둘기 쌍쌍이 떼를 지어 전깃줄에 앉아
눈독을 들인다
자르르, 자르르 참깨 쏟아지는 소리,
햇살도 졸며 기우는 가을 들녘
메밀꽃 흐드러지며 피고 지는
가을 초입에 서 있는 농심은 어떠하랴?
자르르― 자르르

곶감

창밖엔 흰 눈이 함박 쌓였다
할멈이 분주하다
뭘 하시나
수정과 만들어 보려고
곶감이 없잖아
곶감 없이도 수정과는 됩니다
에—이 그러면 앙고 없는 찐빵이야
창밖에는 눈꽃이 함빡 피었다
할멈이 들고 온 수정과 속에는
곶감이 넙죽이 엎드려 있다
창밖에는 눈꽃이 함빡 피어 눈길을 끄네

봄 튀김

할멈과 손 잡고 봄 장터에 나갔네
무거운 통을 들고 삐죽빼죽 걸어오네
그게 뭐여, 콩기름인데
콩기름은 왜
어제 밭에 갔다 냉이, 민들레, 달래
봄나물을 캐 왔는데
밀가루, 튀김가루로 묻혀 콩기름에
튀겨서 먹어 볼려고
햐, 입맛 없는데 그거 괜찮겠네
봄 튀김!

늙은 호박죽

어머니는 생전에 우리 9남매를 낳아 기르셨습니다.

내 위로 누나 둘과 그 아래로 아들 칠 형제, 그중 내 위로 형이 외정 말기 사회상에 휘둘리다 영양실조로 아주 일찍이 황천 갔다 하고 내 아래 남동생은 6·25 전쟁으로 포성에 놀란 어머니가 세상에 내놓자마자 숨을 거뒀다 했습니다. 그래서 우리는 7남매가 나 열일곱 막냇동생이 다섯 살 때 아버지가 돌아가셔서 홀어머니가 되어 고생을 많이 하셨지요.

이렇게 아이를 많이 낳은 어머니는 산후조리가 잘 안 되어 산달이 돌아오면 몸이 자주 아프셨습니다.

그때는 병원이 없다시피 한방치료가 전부였는데 의원집은 간판도 없이 골목 속에 사랑방에 숨어 있는 듯… 그때 어머니 약은 늙은 호박이 전부였어요. 늙은 호박을 꼭지를 다 속을 파내고 토종꿀을 부어 뚜껑을 꼭 닫아 묶고 솥에 넣어 끓여 푹 찐 다음 그것을 떠 드시며 뜨거운 방에서 삼사일 땀을 흘리면 일어나시곤 했었지요.

나는 그런 추억에 8여 년쯤 전부터 범면 공지에 호박을 심어 일 년에 20여 개 남짓씩 늙은 호박을 농사를 지어 사무실 뒤편에 쌓아 놓고 나누어 먹습니다. 할멈과 둘이 둘러앉아 있는 요즘 겨울철, 늙은 호박 대여섯 개면 한

겨울을 납니다. 재료는 늙은 호박 한 개, 찹쌀, 양대콩, 늙은 대추, 고구마, 잣 등 적당량을 넣고 호박죽을 쑵니다. 할멈과 함께 밥맛이 없을 때 눈보라 치고 눈이 내리는 날 쑤어서 겨울을 즐깁니다.

늙은 호박죽, 할멈과 함께 둘이서 여는 파티! 담금 포도액도 한 잔 있습니다.

초승달 뜨는 밤에

나이가 들수록 부부간에
서로 정겹게 염려하며
살아 가야제 노년이 풍요하여 짐이라
이제 80이 내일모레이니 할멈
발이나 씻겨 곱게 닦아주고
젊어서 인색했던 정 나누며
지내보려네, 써 놓고 돌아서 보니
미당 서정주 선생이 가르쳐준
시인으로 살아온 늙은 사내의
초사흘달 바라보며 마음 달래라는
가르침을 배웠음이라
할멈 손잡고
초사흘달 바라보며 마음 달래야제
쭈글 째글 늙은 대추, 물에 붉혀
입에 넣고 우물우물 그 맛이 내 맛 되리

감주

향수에 코가 절은 젊은이들 올 때는
내 집에서 늙은 곰팡내 난다고
겨울철 토방에서 나는 연기 속에서
시원하게 마셔보는 감주 맛은 맹탕이라
톡 쏘는 콜라 맛이라고 저희들 먹을 것은
따로 사다 쌓아 놓는다
할멈이 몇 날 며칠 참새처럼 방앗간 드나들며
만들어 놓은 감주는 한구석에 그냥 있다
다음날 목이 말라 한 종지 떠다 식탁에 놓고
묵은 신문을 뒤척거리자니 밖에 나가 뛰어 놀던
막내 외손자 뛰어 들어와 목이 마르다며
감주를 쪼로록 마시더니 '이거 뭐야, 아 시원하다'
'할머니 한 잔 더 줘' 한다, 그새 두 놈, 세 놈, 네 놈…
번갈아 감주 한 잔에 목을 씻고 올라가며 먹으라고
됫병에 그득이 감주가 담겨 차 안에 실어주는
할멈 손이 분주해진다, 할멈이 만든 감주는 올해도 완판
이다

4행시 중에서

−빵보다는 떡

빵보다는 떡
밀가루보다는 쌀가루
우리의 쌀가루로 만든 떡
빵보다는 떡 쌀빵떡

−송어 양어장

나들이 간다, 송어 양어장으로
나들이 간다, 송어 양어장 횟집
깊은 지하 암반수로 기르는
무공해 신선한 송어 양어장 찾아간다

−장어구이

바닷물을 엄선해 길어다
만든 장어 양식장에서
길러낸 장어구이
백 년 먹거리 사업 안 될래

삼계탕, 백숙, 닭튀김

닭이 운다
여름 8월 닭장에는 닭이 운다
식당에서는 펄펄 끓는다
삼계탕, 백숙, 닭튀김
닭이 운다
여름 8월 닭장에는 닭이 운다
앞마당에 검은 솥 펄펄 끓는다
삼계탕, 백숙, 닭튀김
의림지 폭포를 건너가면 성업 중이다

민물 장어탕

청풍에 가면 민물 장어탕 집이 있다
뽀얀 국물이 몽땅 보양식이다
수족관에는 팔뚝만 한
뱀장어가 검은 등에
황금빛 뱃살을 어그적 거리며
손님을 기다리고 있는
여름 기력을 찾아주는 민물 장어탕 집
청풍에 가면
민물 장어탕 집이 있다
올여름도 우리 찾아가 볼까?
십 년은 더 살아야겠는데

동공(瞳孔)이 확 열렸네

내 눈동자가 확 트였네
갑자기 눈동자 안으로
환한 빛이 쏟아져 들어와
순간 황홀하네

80이 되고 보니
아직 마무리할 일 겹겹이 남았는데
이곳저곳 몸이 말을 안 들어 운전면허도
반납해야 한다니 눈앞이 더 캄캄해졌네

할 수 없이 병원에 가 한겨울
시간을 끌며 백내장 수술을 했네
동공이 확 열렸네 운전면허도 이 년간 연장했네
동공이 확 열렸네 심봉사 심정 알 만도 하네

더 늦기 전에

볏과의 밭곡식 높은 산지대에서 많이 심으며
열매로는 죽과 빵 과자를 만들어 먹거나
가축의 모이로도 쓴다고 우리말 사전에 잘 정리돼 있네
저녁식사를 하며 텔레비전 앞에 있는데
식약처에서 그 귀리에서 치매를 고치는 물질을
추출해서 치매 특효약을 특허를 내어 곧 시판할 것이란
특보 뉴-스가 나와 귀리 귀리하며
우리말 사전을 꺼내 확인해 본 귀리의 정체이네
치매 무서운 병이네
근간에, 돌아서면 뭐든 잃어버리는 일이 잦아져
당황할 때가 자주 일어나 그 특효약이 나오기 전에
귀리를 섞어 잡곡밥을 통째로 먹어보기로 마음 먹은 지
2년이 경과한 오늘 뒤를 돌아보니 내 그 병적
늙음 현상이 나아지는 것 같네
하루 세 끼 귀리를 섞은 잡곡밥 내 정신 건강의 지킴이
되어있네, 맑은 내 정신 맑은 내 정신
맑은 내 정신의 길라잡이 귀리 자네도 드셔보게
더 늦기 전에

물길도 오솔길

산골 길엔
물길도 오솔길이 있네
산골 따라 물이 흘러내리는
돌 틈 사이 가재 잡던 길
물길도 오솔길이 있네
실개천을 따라 걸어 보면
정들은 추억들이 뭉게구름 피어나고
논배미 따라 보 도랑 따라
걸으면 벼 익는 냄새
부신 태양에 그 벼 익는 냄새
그 벼 익는 냄새, 냄새, 냄새
물길에도 오솔길이 있었네
그리운 추억도 물결치네

빈 의자

온 산야에 야생초마다
냉이, 달래, 쑥
움이 트고 싹이 돋아나듯
들엔 푸성귀마다
새싹이 돋아나
식탁이 싱그러워지듯
내가 소년 시절에 오솔길만 걸었듯
늙은 인생도 오솔길에 다시 서니
새 힘이 솟아나네
봄에는 이 봄에는,
나는 새벽 일찍 나서서
군데군데 돌 의자며 나무 의자
젊은 그대들도 쉬어갈 수 있게
빈 의자를 만들어 놓네
앉는 사람이 주인인 빈 의자
군데군데 만들어 놓고 가네
봄에는 이 봄에는

그 오솔길

떠난 님을 찾아 울고 넘던
박달재 금봉낭자의 오솔길은
아직 거기 그렇게 남아 있었네
그때보다는 감자 씨알도 굵어지고
도토리도 더 깊은 골로 들어가야
찾을 수 있지만
거기 그렇게 남아 있었네
희멀건 박 덩어리 같은
처연한 모습을 산골에 물들이고
도토리묵 한 그릇 주막이 있던
그 오솔길은 "울고 넘는 박달재"
노랫소리 아련히 퍼지며
그렇게 남아 있었네, 그 오솔길, 그 오솔길

2부

시인의 한 수

살아 있는 제천 무궁화 꽃

무궁화 나무는 신라시대 이전부터 우리나라에 많이 있었다고 전해집니다. 1890년 무렵부터 부르던 애국가 노랫말에 '무궁화 삼천리 화려 강산'이란 후렴이 있어 한 사람 두 사람 따라 부르다 온 겨레가 무궁화를 나라꽃으로 여기게 되었다고 합니다.

무궁화를 나라꽃으로 정한 것은 "광복"이 된 뒤였습니다. 광복절 8월 15일이 되면은 그 많은 꽃들이 사라지고 푸른 잎 사이로 무궁화 꽃만 화려하게 피어오릅니다. 한국의 독립을 축복이나 하는 듯 꽃이 함성을 지릅니다. 이렇게 한국의 독립을 축복하겠다는 무궁화 꽃만 화려하게 환호의 나팔 꽃이 되어 삼천리를 축복 하는 꽃이 되어 부신 8월에 태양을 맞이하는 무궁화 꽃은 이렇게 나라꽃이 되었습니다.

이러한 나라꽃이 세월이 가면서 그 존재가 희미해져 가는 것만 같습니다. 안타깝습니다.

그래서 출판 직전에 제6시집 제목을 "오솔길"에서 "무궁화 씨를 뿌립시다"로 바꾸어 놓고 보니 첫 시집 제천 소나무와 같은 거시적 홍보를 이룰 수 있는 저의 개인적 능력이 노쇠함으로 빈약해져 있음을 실감하고 앉아있습니다. 특히 제천 의림지는 제천 의병의 산실입니다. 이곳에 민족의 나무 소나무가 번성해 도시의 가로수로 뻗어 내려갔듯 나라꽃 무궁화 나무가 오솔길 어귀마다 번져가기를 소망하며 2023년은 저의 팔순 해입니다. 팔순 기념 사업으로 의림지(모산동) 오솔길 양 옆으로 무궁화 나무 100그루를 기념 식수하기로 스스로 약속하고 실천해서 먼저 제천 의병의 산실인 모산동(의림지) 둘레에 오솔길마다 무궁화 식재 명물화해 나가겠다는 포부를 밝혀둡니다.

이것이 시초가 되어 의림지 소나무 아래 군데군데 무궁화 나무가 오솔길에 번성해 나가기를 기원합니다.

저는 제천시 하소동 211-1에 월남참전 기념탑은 1990년대부터 준비하여 2000년 5월에 그 탑을 완공하였으며 2021년 12월 모산동(의림지) 568-1번지 고 박수검 선생의 기념비가 서 있는 안쪽 산 밑으로 이사를 한 21년

동안 하소동 211-1번지 내 일명 태극공원 내와 그 주위를 민족의 나무 소나무와 충북의 나무 느티나무를 균형 있게 배열, 탑의 위상을 높이는데 심혈을 기울이며 잔소리하여 탑이 이사한 후에도 공원의 범상치 않은 느낌을 유지하고 있습니다.

공원의 탑의 주위를 펄럭이는 태극기로 하여 몇몇 직능 단체들의 태극기 보급운동을 유발 제천시 아파트 단지, 단독주택 등 태극기의 물결을 아름다운 꽃으로 피어오르게 한 원천이 되었으며 탑 맞은편 도롯가로는 나라꽃 무궁화 나무가 시청을 지나 철남, 신동, 봉양까지 5-6군데의 군락을 이루며 7월부터 시작하여 8월이 넘도록 무궁화 꽃이 화려하게 피고 지는 거리가 조성되었고 비록 그 공원의 탑 자리는 비어 있어도 그곳은 후세에 진행형으로 자리를 잡았다고 확인할 수 있게 되었습니다.

이렇게 이곳 내 살아 있는 제천 무궁화 꽃이 8월의 거리를 밝히고 있습니다.

이제 의림지(모산동) 568-1번지 옆 오솔길을 기점으로 나라꽃 무궁화 나무가 번성해 나가도록 각 직능 단체에 호소문으로 여운을 남깁니다.

의림지에 "무궁화" 씨를 뿌립시다. 하여 광복절과 함께 의림지와 더불어 그 기운이 영원하기를 기원합니다. 또한 이것을 기점으로 제천 소나무 문원 내에는 무궁화 나무 분재 5개를 만들어, 늦도록 정성껏 기르도록 하겠습니다.

하여 가장 제천적인 이야기가 가장 세계적인 이야기가 될 수 있다는 포부를 안고 6시집 『무궁화 씨를 뿌립시다』를 이 책의 시 정신으로 끝맺겠습니다.

또한 의림지 비행장을 시민이 돌려받았다고 합니다.

이 기회에 다음과 같이 제안을 남깁니다.

먼저 비행장 전 면적 둘레에 무궁화 나무를 울타리 삼아 심어 여름 7, 8, 9월 동안 광복절을 기점으로 무궁화 꽃이 "제천시민광장" 전체를 아름답게 장식하도록 하고, 광장 반을 각종 분수 설치 야광 조명등 설치, 여름에는 시민 외 관광객 피서 쉼터로 개장하고 광장 반은 각종 야외 행사장으로 "제천시민 대광장"으로 자리를 잡아주었으면 하는 의견을 책 말미에 남겨놓겠습니다.

2022년 9월
제천시 돌모루에서
제천 소나무 박광옥 삼가

시인의 문학 발자취

박광옥(PARK KWANG OK)

시인, 수필가, 작사가
1944년생(호: 제천 소나무)

1991년 10월	대통령 표창	
1992년 10월	육군참모총장	
1996년 10월	대통령으로부터 참전 유공자 증서 교부 받음	
1998년 11월	문학세계 신인문학상으로 문단 데뷔(시 부문)	
1999년 1월	시집『제천 소나무』출간(도서출판 천우)	
1999년 10월	시집『제천 소나무』80부 제천역장님 요청으로 제천	
	역 기증	
1999년 11월	문학세계 신인문학상으로 문단 데뷔(수필 부문)	
1999년 11월	제천 의림지 둑 위에 소나무를 보충하여 심기 시작하	
	여 의림지 소나무 인공 군락지 및 가로수 확대, 제천	
	및 도내 전국 각 공지에 제천 소나무 조경 방식 붐 일	
	기 시작함(시집『송학산-노을』에 사진 소개)	

2000년 6월   제천시 하소동 211-1번지 신당로원 참전 기념탑 앞
             에 헌시비 건립(군 관련 행사에 시낭송이 확산 되는 계기가
             됨), 시 「이별의 씨앗」
             석질 크기: 오석와비(1050×720×240)
2001년 3월   제2회 문학세계 문학상 본상 수상(시집 『제천 소나무』)
2001년 5월   제천 문화원 주관 남한강 수몰 사진 전시회(시 「청풍
             에 부는 바람」이 간판 시화로 제작 문화 홍보물로 전시 시작,
             2001년-계속 사업)
2002년 3월 12일 '세계시의 날' 기념 이탈리아 국립시인협회 주관 유네
             스코 주최 '이태리 시의 바벨탑' 프로젝트에 한국을
             대표하는 7인의 서정시에 선정 게재(시 「제천 소나무」,
             「후회」)

2002년 4월	월간 문학세계에 41개월 작품연재 마감
2002년 10월	문학세계·시세계 100호 출간 기념 문학 발전 공로상 수상
2002년 12월	시 「제천 소나무」 대형시화 제천역 하차 개찰구벽에 게첩
2003년 12월	시 「후회」 김동진 작곡으로 가곡 탄생
2004년 5월	제2시집 『송학산-노을』 출간(도서출판 한국시사)
2004년 7월	제10회 세계 계관시 대상 수상(시 「하늘을 우러르면 흐르는 눈물」)
2004년 12월	제15회 한국시 대상 수상(시 「송학산-노을」)
2006년 3월	'세계시의 날' 기념 이탈리아 국립시인협회 주관 유네스코 주최 '이태리 시의 바벨탑'에 2006 한국을 대표하는 10인의 시인으로 선정 수록(시 「봄과 함께」)
2009년 6월	충북 제천시 봉양읍 명암리 산4번지 영농법인 산채 건강마을 내 고 박지견 시인 시비 건립(제천 소나무 문원 사업)
	충북 제천시 봉양읍 명암리 산4번지 영농법인 산채 건강마을 내 박광옥 시 김동진 곡 가곡 "후회" 노래비 건립(제천 소나무 문원 사업)
	석질 및 크기: 자연석에 오석판 부착(30×80×5)
2009년 12월	Y뉴스지(제천) 3년간 작품 연재 마감
2010년 2월	시가 흐르는 서울 조성사업에 시 「환상특급」이 청량리 지하철역 스크린 도어에 게첩(서울시 사업)
2011년 4월	제1집 박광옥 수필집 『미래를 여는 글』 출간(세종문화사)

2011년 10월	대통령으로부터 국가유공자 증서 교부 받음
2012년 6월	한국문예학술저작권협회 가입
2019년 12월	제3시집 『향맥』(시선집) 출간(문학신문출판국)
	세종문학상 수상(시 문학상)
	세종문학상 수상(수필 문학상)
2020년 11월	제4시집 『내 울 안의 생태 정원사』 출간(청어출판사)
2021년 11월	제5시집 『둥지를 틀어』 출간(청어출판사)
2021년 12월	제천 하소동 211-1에 서 있던 헌시비 이별의 씨앗이 기념탑 이전 관계로 제천시 모산동 568-1번지로 옮겨졌음
2022년 3월	제2수필집 『탑 정신 그리고 그 탑의 비밀들』 출간(세종문화사)
2022년 10월	제6시집 『무궁화 씨를 뿌립시다』 출간(청어출판사)

무궁화 씨를 뿌립시다

박광옥 지음

발 행 처·도서출판 청어
발 행 인·이영철
영　　업·이동호
홍　　보·천성래
기　　획·남기환
편　　집·방세화
디 자 인·이수빈 | 김영은
제작이사·공병한
인　　쇄·두리터

등　　록·1999년 5월 3일
(제321-3210000251001999000063호)

1판 1쇄 발행·2022년 10월 10일

주소·서울특별시 서초구 남부순환로 364길 8-15 동일빌딩 2층
대표전화·02-586-0477
팩시밀리·0303-0942-0478

홈페이지·www.chungeobook.com
E-mail·ppi20@hanmail.net
ISBN·979-11-6855-073-5(03810)